KING KONG

Primera edición en inglés,   1994
Primera edición en español, 2006
   Segunda reimpresión,   2020

Browne, Anthony
   King Kong / Anthony Browne : trad. de Francisco
Segovia. — México : FCE, 2006
   96 p. : ilus. ; 30 × 22 cm — (Colec. Los Especiales de
A la Orilla del Viento)
   Título original: King Kong
   ISBN 978-968-16-7987-3

   1. Literatura infantil I. Segovia, Francisco, tr. II. ser.
III. t.

LC PZ7   Dewey 808.068 B262k

Distribución mundial

© 1994, Richard Merian Cooper, texto
© 1994, Anthony Browne, ilustraciones
Título original: *King Kong*

Adaptado de *King Kong,* publicado originalmente
por Grosset & Dunlap, © 1932, Grosset & Dunlap
Derechos renovados y asignados a Merian C. Cooper
Adaptación de la primera edición de Random House:
© Richard Merian Cooper, 1983
King Kong: concebido por Edgar Wallace y Merian C. Cooper

© 1933, de la película *King Kong:* RKO Pictures, Inc.
La película *King Kong* fue producida por Merian C. Cooper y
dirigida por Merian C. Cooper y Ernest B. Schoedsack, y distri-
buida por Turner Broadcasting System, Inc.

La cita de *La bella y la bestia* es una traducción de Francisco
Segovia tomada de la traducción al inglés de Sara y Stephen
Corrin, tomada de Madame Leprince de Beaumont, publicada
en *Favourite Fairy Tales,* Faber, 1988

D. R. © 2006, Fondo de Cultura Económica
Carretera Picacho Ajusco, 227; 14738 Ciudad de México
www.fondodeculturaeconomica.com

Edición: Miriam Martínez y Marisol Ruiz Monter
Traducción: Francisco Segovia

Comentarios:
librosparaninos@fondodeculturaeconomica.com
Tel.: 55-5449-1871

ISBN 978-968-16-7987-3

Se terminó de imprimir en febrero de 2020.
El tiraje fue de 5 000 ejemplares.

Impreso en China • *Printed in China*

Anthony Browne

KING KONG

BASADO EN LA HISTORIA CONCEBIDA POR

EDGAR WALLACE & MERIAN C. COOPER

TRADUCCIÓN DE FRANCISCO SEGOVIA

LOS ESPECIALES DE

A la orilla del viento

fce FONDO DE CULTURA ECONÓMICA

Lo que decía la Bestia era bastante sensato, aunque no se podría decir que tenía una conversación inteligente. Con todo, Bella observaba en él cada día una nueva delicadeza. Y, a medida que se iba acostumbrando a verlo, se acostumbraba también a su fealdad.

LA BELLA Y LA BESTIA

H ABÍA UNA VEZ EN NUEVA YORK un cielo que se iba oscureciendo al atardecer, mientras sobre la ciudad caía un tenue velo de nieve. Las calles estaban atestadas: viejos con las bolsas de la compra, parejas que paseaban, gente que volvía a casa del trabajo. La ciudad era una interminable marea de seres humanos.

Uno de ellos parecía nadar contra la corriente. Era Carl Denham, un director de cine que tenía fama de ser el hombre más loco de Hollywood. Denham siempre hacía sus películas en lugares muy lejanos y peligrosos, y ahora, en el mundo del cine corría el rumor de que su nueva película sería la más ambiciosa de todas.

Denham estaba a punto de marcharse a su locación. Tenía un barco esperando en los muelles de Nueva Jersey, programado para zarpar a las seis de la mañana del día siguiente. De hecho, habría problemas si el barco *no* zarpaba. Las autoridades habían oído decir que a bordo había armas y bombas de gas, así que el barco iba a ser registrado.

Pero a Denham le faltaba lo principal para su película. Iba a ser la mejor de todas, pero aún necesitaba a una mujer joven y hermosa. Había hablado con todas las agencias de actores de Nueva York, y todas habían rechazado su propuesta: "Corre usted demasiados riesgos —le decían—, y ni siquiera nos dice a dónde va a viajar. Ninguna actriz aceptará un trabajo así".

Por eso Denham recorría las calles de Nueva York en busca del rostro perfecto para su película: el rostro de la belleza, el rostro de la Bella. Miró miles de caras: caras en las tiendas, caras en las bancas de los parques, caras en los cafés, caras en las colas de las tiendas, caras tristes y caras alegres. Pero ninguna era la cara adecuada, la cara, para la mejor de todas sus películas.

Denham estaba cansado, y ya no le quedaba mucho tiempo. Se detuvo en una tienda a comprar algo de comer. Fue entonces cuando vio la mano. Era una mano muy hermosa… y estaba a punto de robarse una manzana.

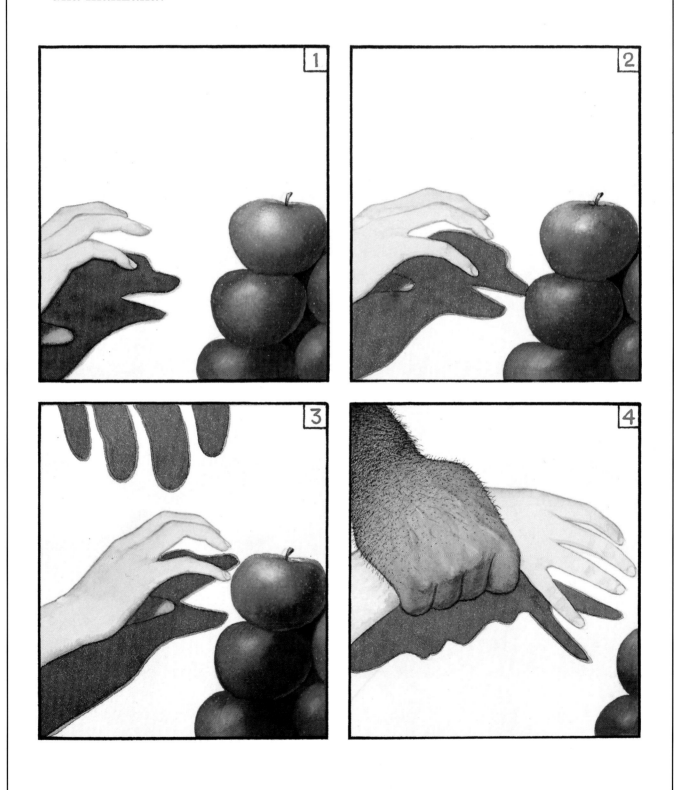

—¡Te vi! —gritó el tendero—. ¡Ladrona! ¡Voy a llamar a la policía!

—¡No! —clamó la mujer—. Ni siquiera la toqué. Déjeme ir.

—Eso es verdad —intervino Denham—. No tocó las manzanas.

—Y, ofreciéndole al tendero un dólar, añadió—: Tenga, tome esto, y cállese.

La mujer se volvió a mirar a Denham.

—Gracias —dijo.

Sólo entonces Denham vio su rostro. Se quedó pasmado. ¡Era el rostro que había estado buscando! Era el rostro de la Bella.

Media hora después, Denham y la mujer estaban sentados en un café. Ella acababa de terminar su primera comida en forma después de muchos días. Dijo que su nombre era Ann Darrow, que pasaba por una mala racha, sin dinero y sin trabajo. Denham no podía dejar de mirarla. Era el sueño de cualquier director. Nunca había visto tanta belleza:

—¿Ha actuado alguna vez? —preguntó.

—He sido extra unas cuantas veces en Long Island. Pero el estudio cerró.

—Soy Carl Denham —dijo él—. ¿Ha oído hablar de mí?

—Sss… sí —respondió Ann—. Usted hace películas. En la jungla y sitios así.

—Ése soy yo. Y *usted* va a ser la estrella de mi próxima película. Zarpamos a las seis.

Ann lo miró boquiabierta.

—No se quede ahí sentada, Ann —dijo Denham—. ¡Vamos! Tenemos que comprarle ropa nueva y llevarla al salón de belleza.

A la mañana siguiente, Ann abrió los ojos lentamente. ¿Qué había cambiado?

Era la primera mañana, después de mucho tiempo, en que se despertaba sin hambre. Vio un platón de manzanas junto a su cama y recordó lo que había ocurrido. Estaba en un camarote, en un barco llamado *El trotamundos*. Su habitación se mecía suavemente hacia arriba y hacia abajo y las máquinas susurraban bajo sus pies… de modo que ya estaban en camino.

Luego miró las cajas: cajas de vestidos, cajas de sombreros y cajas de zapatos. Para alguien tan pobre como Ann, ésa era la visión más mágica del mundo.

Ann pasó más de una hora arreglándose. No podía creer en su suerte: ayer iba vestida de andrajos y tenía tanta hambre que estaba dispuesta a robar… y hoy se vestía como una princesa, la alimentaban como a una reina, y además ¡tenía trabajo! Sólo sentía una leve pero fastidiosa inquietud: Denham no le había dicho a dónde iban. Pero Ann se convenció de que podía confiar en él… más o menos.

Salió del camarote y se lanzó a explorar el barco. Un hombre grita-
ba órdenes a la tripulación. Era el primer oficial, Jack Driscoll, que no
había notado la presencia de Ann, pues en ese momento uno de sus
marineros le lanzaba una cuerda.

—¡No la pongas ahí! ¡Va allá! —gritó Driscoll, girando hacia atrás
un brazo, con el que golpeó a Ann en la cara.

—¿Qué hace usted acá arriba? —preguntó bruscamente.

—Sss… sólo quería ver…

—Ah, usted debe ser la chica esa que Denham recogió anoche…
Debo advertirle: no me gustan mucho las mujeres a bordo. Pero
lamento haberla golpeado. Espero no haberle hecho daño.

—No. Está bien —respondió Ann—; casi estoy acostumbrada.

Para Ann los días simplemente se deslizaban. Le encantaba la vida a bordo de *El trotamundos*. Lo demás, el aire fresco y la buena comida, la hacía sentirse una mujer nueva. El trabajo en la película iba bien: pasaba varias horas al día frente a la cámara de Denham; el director hacía pruebas de su rostro desde todos los ángulos posibles, y la hallaba perfecta. A Ann le preocupaba un poco que siempre le pidiera que gritara como si hubiera visto algo horrible, pero se la estaba pasando tan bien que arrumbó la preocupación al fondo de su mente.

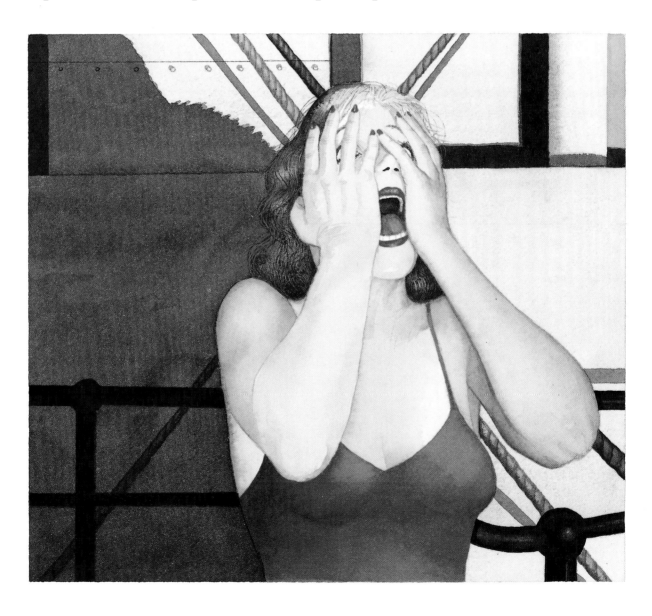

Poco a poco, Ann y Jack se fueron haciendo amigos. Jack no estaba acostumbrado a las mujeres, pero se le hacía fácil conversar con Ann. A medida que se iban conociendo y gustando, Jack comenzó a preocuparse por lo que sería de ella cuando llegaran a su destino. El barco había cruzado ya por el Canal de Panamá, por Hawai, Japón, las Filipinas y Sumatra, y Denham aún no les decía a dónde iban. Jack decidió que ya era momento de averiguarlo, así que fue a enfrentar a Denham.

—¡Oye, Denham! —dijo Jack—. Tienes que decirnos qué pasa. ¿A dónde nos dirigimos? ¿Qué locos planes tienes ahora?

Denham alzó una ceja:

—¿Qué ocurre, Jack? ¿Te estás ablandando conmigo?

—Claro que no —respondió Driscoll—. Es que Ann...

—¡Ah! —dijo Denham—. Te estas ablandando *con ella* —y frunció las cejas—. Como si no tuviera yo bastantes líos ya, antes de que tú te enamoraras.

—¿Quién dijo que yo...? —Jack se sonrojó.

—Siempre creí que tú eras un tipo rudo de verdad, Jack —siguió diciendo Denham—. Pero si te atrapa la belleza... —se rio—. Es justo como en mi película. La Bestia es un tipo rudo, más rudo que nadie: puede comerse el mundo. Pero cuando ve a la Bella, ella lo atrapa. Piénsalo, Jack.

Jack miró enojado a Denham, y el director se rio:

—Vamos, Jack. Vamos a ver al capitán. Ya es hora de que les dé a ambos algunas respuestas.

Encontraron al Capitán Engelhorn en la cabina, inclinado sobre un mapa.

—Estamos *aquí*, Denham —dijo Engelhorn, señalando un punto—. Usted prometió que al llegar a este lugar nos daría algunos datos, así que díganos a dónde vamos.

—Al Suroeste —soltó Denham bruscamente.

—¿Al Suroeste? —preguntó Engelhorn—. Pero... ¡si ahí no hay nada!

—Nada más que *esto* —dijo Denham, sacando un trozo de papel de su bolsillo—. Conseguí este mapa de un viejo capitán noruego. Es un

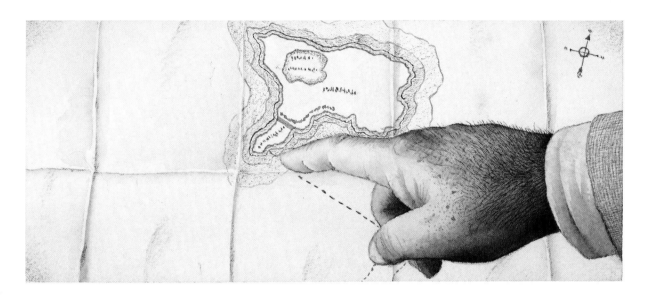

hombre en el que confío, no de ésos que inventan historias, así que estoy seguro de que esto es verdad.

—Esta muralla es más alta que veinte hombres puestos uno encima del otro —continuó Denham— y tiene varios siglos de antigüedad. Los nativos de la isla no saben cuándo se construyó, ni quién la construyó, pero la mantienen siempre igual de fuerte.

—¿Por qué? —preguntó Jack.

—Porque hay algo al otro lado —respondió Denham—. Algo que les da mucho miedo —y aquí bajó la voz—. ¿Alguno de ustedes ha oído hablar de... Kong?

—Pues… sí —dijo Engelhorn con inquietud—. Los malayos hablan de él. Una especie de dios o de demonio, ¿no es cierto?

—Un monstruo —dijo Denham—. Tiene a la isla sumida en el terror. Voy a encontrar a esa bestia y… ¡voy a ponerla en mi película!

Jack tragó saliva… La Bestia… ¡La película de Denham iba a tratarse de la Bella y la Bestia! Le vino a la mente el rostro de Ann Darrow, y Jack Driscoll de pronto sintió miedo.

Unos días después el barco se vio envuelto en un manto de niebla y aminoró su marcha. Denham, Driscoll y Ann se hallaban en cubierta con el capitán, esperando con impaciencia el primer avistamiento de la isla. Desde abajo llegó la voz de un marinero que medía la profundidad del agua:

—¡Treinta brazas! —gritó—. ¡Veinticinco brazas! ¡Veinte brazas! ¡Diez!

—Nos acercamos rápidamente —dijo Engelhorn—. Driscoll: mande echar el ancla.

Jack dio la orden y todos oyeron el golpe del ancla contra el agua. Al mismo tiempo oyeron otro sonido, escalofriante:

—¡Tambores! —dijo Driscoll.

Mientras escuchaban, llegó una racha de viento y la niebla se abrió como una cortina. Allí, justo frente a ellos, estaba la isla, a menos de cuatrocientos metros.

—¡El Monte Calavera! —gritó Denham—. ¿Lo ven? ¡Y la muralla! ¡Miren la muralla! —dijo con ojos locos de emoción—. ¡Echen los botes! —gritó—. ¡Todos a la isla!

En menos de una hora estaban ya en la playa. Llegaron a una aldea que al principio parecía desierta, pero el escalofriante tam-tam se iba haciendo más y más fuerte.

—¡Deben de estar celebrando alguna clase de ceremonia! —dijo Denham, ocultando apenas su emoción.

De pronto, por encima del ruido de los tambores, se escuchó un canto quejumbroso: "¡Kong! ¡Kong!".

—¡Escuchen! —dijo Denham—. Están llamando a Kong. Ustedes quédense aquí. Yo iré a ver qué pasa.

Volvió en un santiamén:

—Guarden silencio —susurró—. ¡Preparen las cámaras! ¡Síganme!

Avanzaron a gatas y llegaron hasta una gran plaza atestada de nativos que bailaban y gritaban: "¡Kong!, ¡Kong!" En el extremo opuesto de la plaza se alzaba la gran muralla. Unos escalones de piedra conducían hasta una enorme puerta, frente a la cual estaba arrodillada una hermosa joven, con un collar de flores. Denham puso a rodar las cámaras: esto era más de lo que había esperado. ¡Qué gran película iba a ser!

De pronto cambió el sonido de los tambores y un grupo de hombres vestidos de simios saltó a los escalones. El extraño cántico era más fuerte que nunca: "Kong!, ¡Kong!, ¡Kong!". Había llegado el momento de que el jefe entrara al baile. Y el jefe se puso de pie, pero no llegó a comenzar su parte, pues en ese momento descubrió a los extraños.

—¡*Bado!* —aulló—. ¡*Bado! ¡Dama pati vego!*

Los tambores callaron. Los cánticos callaron. Todo el mundo calló. Se hizo un silencio mortal.

—Tranquilos —dijo Denham calmadamente—. Recuerden que aquí quienes tienen las armas somos nosotros. No hagan ningún movimiento brusco.

El jefe levantó una mano y todos los de la tribu alzaron sus lanzas.

—¡*Watu!* —gritó el jefe—. ¿*Tama di? ¿Tama di?*

—¡Qué suerte! —dijo el Capitán Engelhorn—. Sé hablar su lengua —y dio un paso al frente—: ¡Saludos! —gritó—. Somos amigos. ¡*Bala! ¡Bala!* ¡Amigos!

—¡*Tasko! Tasko!* —aulló el jefe.

—Eso quiere decir fuera de aquí —dijo Engelhorn.

—¡Entreténgalo! ¡Hágale plática! —ordenó Denham—. Pregúntele de qué se trata esa danza.

Engelhorn habló con el jefe y señaló a la muchacha arrodillada. La respuesta del jefe no pareció gustarle mucho al capitán:

—Dice que va a ser la novia de Kong.

Jack se puso inmediatamente delante de Ann. Pero era demasiado tarde: el médico brujo ya la había visto:

—¡*Malem!* —gritó—. *¡Malem me pakeno! ¡Kow bisa para Kong!*

—¡La mujer de oro! —dijo Engelhorn—. El médico brujo quiere a Ann. Probablemente nunca ha visto a nadie de pelo rubio. Dice que dará por ella a seis de sus mujeres.

—Dígale que no hay trato —dijo Denham.

El capitán y el jefe continuaron su extraña conversación:

—Le dije que mañana volveríamos a hablar —explicó el Capitán Engelhorn.

—Muy bien. Volvamos al barco —ordenó Denham—. Lo haremos muy despacio, con una gran sonrisa en la cara. Ustedes, los de allá, irán primero. Lleven a Ann en medio. Y tengan listas las armas.

Pronto estuvieron en el bote, dirigiéndose a toda prisa al barco. Ann fue la primera en hablar:

—¡Guau! No sé ustedes, pero yo… ¡no me hubiera perdido eso por nada del mundo!

Mientras se ponía el sol, Ann miraba el agua y escuchaba el siniestro ritmo de los tambores. Jack se le acercó:

—¿Por qué no estás en la cama? —preguntó.

—No podía dormir. El ruido de los tambores me pone nerviosa, creo.

—A mí también —respondió Jack—. Fue una locura de Denham dejarte desembarcar hoy. No quiero ni pensar en lo que te pedirá que hagas en su película.

—Después de lo que ha hecho por mí —dijo Ann—, correría cualquier riesgo por él.

—No digas eso, Ann. Cuando pienso en lo que pudo haber pasado hoy… si te *hubiera* pasado algo…

—Bueno —dijo Ann sonriendo—, entonces ya no estarías molesto por tener a bordo a una mujer.

—No te rías, Ann, por favor. Sabes que tengo miedo por ti. Sabes que… te amo.

Mientras Ann lo besaba, escucharon al Capitán Engelhorn llamando a Jack al puente. Pero, cuando la dejó sola, ninguno de los dos oyó el golpe de los remos en el agua.

Ann bostezó y echó un vistazo a la cubierta: no había nadie. De pronto, una enorme mano le tapó la boca y fuertes brazos la rodearon por detrás. Ella se debatió, se revolvió, pero era inútil. La levantaron, impotente, sobre la borda, donde otros fuertes brazos la jalaron hasta el fondo de una canoa. La mano aún se apretaba firmemente contra su boca y no le permitía emitir sonido alguno. Podía sentir cómo la canoa se dirigía suavemente hacia la costa. Estaba aterrorizada.

Cuando tocaron tierra, Ann fue alzada en vilo y llevada a la gran plaza, que de nuevo estaba atiborrada de gente que cantaba y bailaba a la luz de las antorchas. Los tambores sonaban sin parar. Ann vio un rostro que reconoció: era la muchacha que había estado arrodillada en los escalones aquella tarde. Se estremeció al darse cuenta de la diferencia que ahora había en ella: estaba vestida como todas las demás mujeres. La llevaron escalones arriba y le pusieron en los hombros un collar de flores. Seis espantosos hombres vestidos de gorilas comenzaron a bailar salvajemente frente a ella.

Ahora se hacía clara la horrible verdad: había tomado el lugar de la muchacha. ¡Ahora *ella* iba a ser la novia de Kong!

Justo antes de la media noche, en *El trotamundos*, Lumpy, el cocinero del barco, encontró un brazalete en la cubierta:

—¡A cubierta! —gritó—. ¡Todos los marinos a cubierta! —los hombres subieron aprisa—. ¡Miren! —dijo Lumpy—. ¡Los salvajes han estado aquí!

Una rápida inspección del barco confirmó lo que temían: Ann no estaba.

—¡Al bote! —ordenó Denham—. ¡Quiero un rifle para cada hombre! ¡Y no olviden las bombas!

Los marineros saltaron al bote y se apresuraron a ganar la orilla.

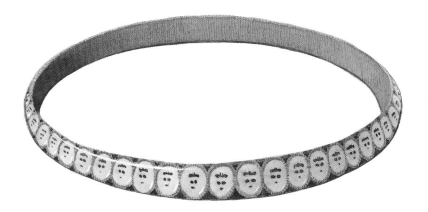

Ann vio cómo las enormes puertas se abrían lentamente frente a ella mientras los nativos la mantenían en vilo y la presentaban a toda la tribu. La condujeron hasta un altar de piedra al borde de la jungla y le ataron las muñecas a dos columnas. Luego se apresuraron a volver a la aldea. Las puertas se cerraron y una gran tranca cayó en su sitio. Se oyó el golpe ensordecedor de un gong de metal y callaron cantos y tambores. La tribu entera se aglomeró sobre la muralla, iluminando el cielo con sus antorchas. Y otra vez comenzaron su cántico: "¡Kong!, ¡Kong!, ¡Kong!, ¡Kong!".

Ann estaba frenética de miedo. Luchó con las cuerdas de sus muñecas como un animal preso en una trampa. Gritó y suplicó, pero fue inútil. El cántico se fue haciendo más y más fuerte: "¡Kong!, ¡Kong!, ¡Kong!, ¡KONG!".

Y entonces, de pronto, el cántico volvió a cesar y Ann sintió un silencio insoportable. Muy lentamente, una enorme sombra negra cayó sobre ella.

Un terrible, terrible rugido llenó el aire de la noche y una horrenda bestia salió de la jungla aplastándolo todo. ¡Era Kong!

El monstruo se alzó sobre las puntas de sus pies, se golpeó el pecho y le rugió enfurecido a la muchedumbre de la muralla. Entonces vio a Ann. Y cesó su rugido.

Los nativos aguardaban, conteniendo el aliento, con la esperanza de que Kong aceptara a la mujer de oro, Kong desató cuidadosamente las muñecas de Ann y la levantó con gran delicadeza. Se oyó un fuerte estallido y una bala pasó zumbando junto a una oreja de Kong, pero éste no se dio cuenta. Parecía que sólo tenía cabeza para su nuevo tesoro, así que tampoco vio abrirse la gran puerta ni a los dos hombres que se escabulleron a través de ella. Kong lanzó otro enorme rugido, se dio la vuelta, y se llevó a Ann a la jungla.

Jack Driscoll había disparado el arma. Parecía que ahora él era el líder:

—Voy a recuperar a Ann —dijo—. Necesitaré una docena de hombres. ¿Quién viene conmigo?

Denham y Jack eligieron a diez hombres y dejaron a Engelhorn a cargo de los demás en la aldea.

El grupo partió del altar, siguiendo la estela de destrucción que Kong iba dejando en su camino hacia la jungla:

—¡Oigan, miren esto! —gritó uno de los hombres un poco después—. ¡Miren qué huella tan increíble!

Todos se estremecieron.

Hallaron más huellas, y las siguieron. Era difícil trepar por la espesa y oscura selva; y más aún en la oscuridad. Pero al fin escucharon el cordial canto de los pájaros. Se acercaba el día.

Salió el sol y se encontraron en un claro. Algo se movió entre la maleza, frente a ellos. Uno de los hombres pegó un grito de alarma y una enorme criatura salió de la jungla en dirección a ellos, destruyéndolo todo a su paso.

—¡Rápido! —gritó Jack—. ¡Las bombas! Cuando yo lance, ¡todo el mundo pecho a tierra!

El monstruo se acercaba más y más, y Jack le lanzó una bomba. Hubo una explosión que casi les revienta los oídos. Los hombres se echaron al suelo buscando refugio, pero aún escuchaban las pisadas acercarse, y acercarse… aunque cada vez más lentamente. Al fin se detuvieron. La tierra tembló cuando la gigantesca criatura cayó al suelo.

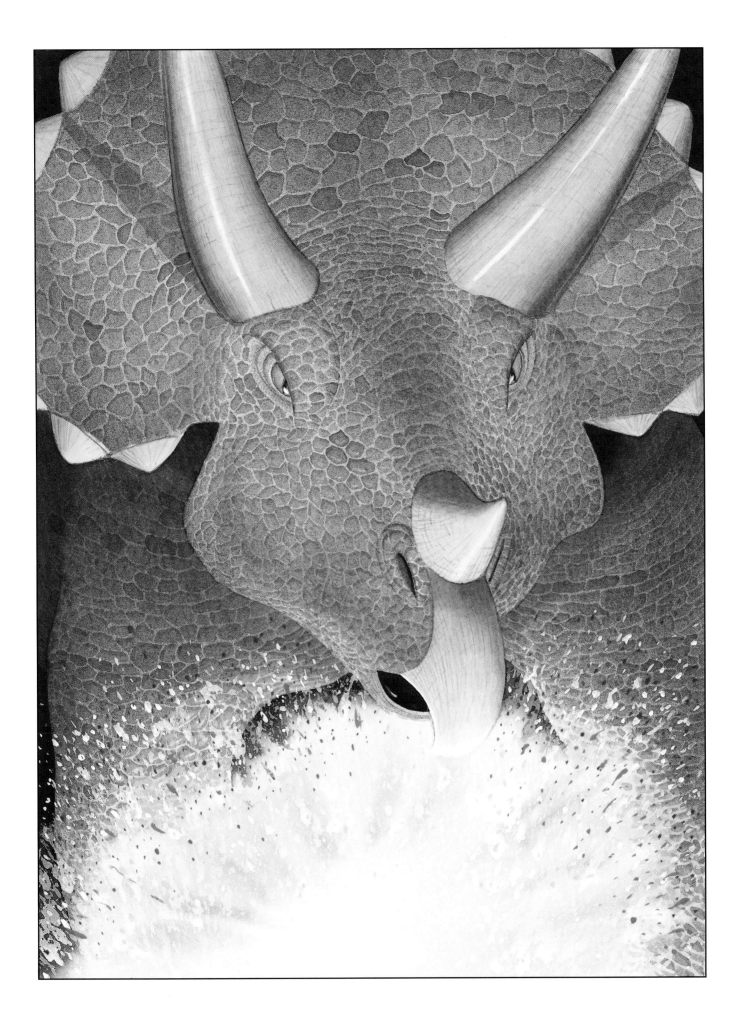

Cuando estuvieron seguros de que estaba realmente muerta, los hombres se acercaron a mirar:

—¡Es un dinosaurio! —dijo Denham—. Estas cosas se extinguieron hace millones de años.

—No en la Isla del Monte Calavera —replicó Jack—. También Kong debe ser una especie de animal prehistórico. ¡Este lugar podría ser un nido de monstruos!

Retomaron el rastro de Kong ahí donde las huellas comenzaban a descender ladera abajo, hacia un valle envuelto en niebla. Frente a ellos había una laguna. Los hombres se detuvieron en la orilla cuando escucharon un gran chapaleo delante de ellos.

—Kong atraviesa la laguna a nado —dijo Jack—. Nosotros no podemos, con todas estas armas y bombas. Tenemos que hacer una balsa.

Los marineros trabajaron aprisa, cortando árboles y atándolos con enredaderas. Cuando terminaron, apenas había espacio para todos a bordo y la balsa se sacudía peligrosamente de un lado a otro. Pero se las arreglaron para cruzar en ella casi hasta la otra orilla. Entonces la balsa se sacudió: había golpeado algo bajo la superficie. Y ese "algo" se movió.

—¡Dinosaurio! —gritó Denham.

Una enorme cabeza surgió de la laguna y la balsa salió volando por los aires. Los hombres cayeron al agua y lucharon desesperadamente por alcanzar la orilla. Jack Driscoll fue el primero en hacerlo y, al volverse a mirar, vio que el dinosaurio venía tras ellos. Los demás hombres al fin alcanzaron a Jack y todos juntos se echaron a correr por el pantano hasta la jungla.

Hicieron grandes esfuerzos, oyendo al monstruo más y más cerca, y al fin lograron llegar al refugio que les ofrecía la densa maleza. Todos, excepto uno. Oyeron un alarido horrendo, que los hizo temblar, y se hundieron más en la jungla.

Un poco después llegaron a un barranco. La única forma de pasar al otro lado era caminando sobre un gran tronco que salvaba el vacío. Jack Driscoll saltó sobre él y los demás lo siguieron. Cuando Driscoll apenas terminaba de cruzar, oyeron un rugido terrible. ¡Kong estaba frente a ellos!

Jack se sujetó de una enredadera, trepó por la barranca y se escondió en una cueva poco profunda. Denham, que era el último, se las ingenió para volver al otro lado. El resto quedó atrapado, mientras Kong levantaba el tronco y lo sacudía hacia arriba y hacia abajo. Los aterrorizados marineros trataban de aferrarse a él, pero uno a uno fueron cayendo, entre gritos, a una muerte segura.

Kong estiró su gran mano peluda a la cueva donde se escondía Jack. Jack le hirió un dedo con su cuchillo y Kong gritó, furioso. Inmediatamente se escuchó otro grito: "¡Auxilio! ¡Au-xiii-lio!" Era Ann.

Un alosaurio se acercaba a ella. Kong se olvidó de Driscoll y se apresuró a salvar a Ann. El dinosaurio era aún más grande que Kong, con largos dientes afilados y poderosas patas traseras. Pero Kong era mejor en la lucha. Una y otra vez hacía que la bestia se desplazara, y entonces se lanzaba contra ella dándole tremendos golpes y mordidas. Kong saltó al lomo de la criatura, la hizo caer a tierra y le descuajó las mandíbulas.

Kong volvió la cabeza, triunfante, rugió y se golpeó el pecho. Entonces levantó cuidadosamente a Ann y se encaminó a lo más profundo de la selva.

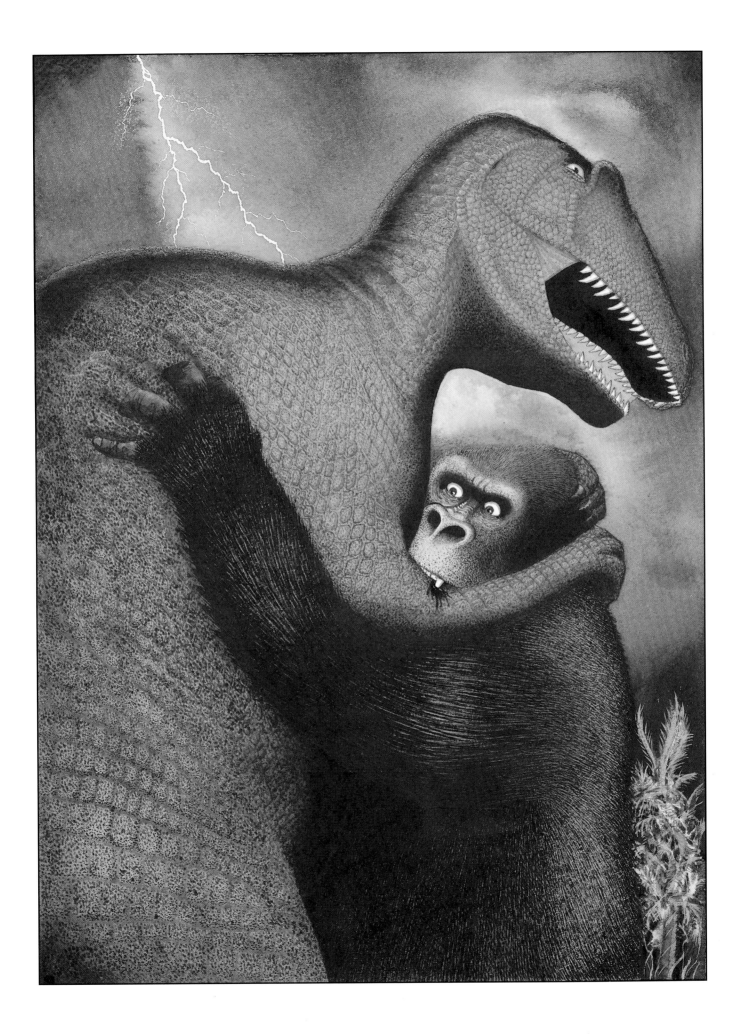

Jack Driscoll y Carl Denham se miraron de frente a uno y otro lado del precipicio.

—¡Tú vuelve! —gritó Jack—. ¡Trae más hombres, y más bombas! Yo seguiré a Kong y, cuando lo halle, ya encontraré el modo de hacerte una señal.

—¡De acuerdo, Jack! ¡Ten cuidado… y buena suerte! Denham se dio la vuelta y comenzó a correr hacia la aldea.

No era tarea fácil seguir el rastro de Kong, y Jack estaba cansado y hambriento. Pero la gran bestia parecía ir cada vez más rápido. Jack se percató entonces de que estaban trepando por detrás del Monte Calavera.

Va a su casa, pensó Jack. Parecía lógico: Kong era el único animal de la isla que podía trepar, así que allá arriba estaría a salvo.

Jack siguió trepando, aunque cansado, y al acercarse a la cima vio a Kong entrar en una gran cueva. ¡Así que ésta era su casa!

Jack entró arrastrándose a la cueva y vio a Kong dejar a Ann sobre una cornisa. Cuando Kong le dio la espalda a Ann, Jack pudo mirar, con horror, que una serpiente gigantesca salía de un estanque cubierto de vapor y se deslizaba en dirección a Ann. Ella gritó, Kong dio la vuelta y se lanzó de un salto sobre el reptil. La serpiente se enroscó en el cuello de Kong. Parecía estar exprimiendo la vida del enorme simio, que trataba furiosamente de liberarse. Con un último esfuerzo, Kong logró arrojar a la serpiente contra las rocas, rompiéndole el cuello.

Kong levantó una vez más a Ann y se encaminó a una abertura que había cerca del techo de la cueva. Jack lo seguía de cerca.

La bestia apareció por una saliente que dominaba la isla entera. Depositó suavemente a Ann en el suelo y rugió, desafiando al mundo. Se sentó, alzó cuidadosamente a Ann y la examinó detenidamente por primera vez. Parecía fascinado.

En su escondite, Driscoll desprendió una piedra y Kong se apresuró a ver qué ocurría. Jack se apartó, seguro de que la bestia estaba a punto de descubrirlo, cuando de pronto se oyó un estruendoso batir de alas. Un gran reptil volador se abalanzó sobre Ann y la cogió entre sus garras. Kong llegó justo a tiempo para atrapar a la enorme criatura cuando emprendía el vuelo. Una vez más, Kong tuvo que luchar a muerte para salvar a su novia en una sangrienta batalla, al tiempo que el reptil dejaba caer a Ann.

Era la oportunidad que Jack esperaba. Corrió al lado de Ann:

—Ann —llamó en voz baja.

—¡Oh, Jack! Sabía que vendrías.

Se abrazaron rápidamente. Luego Jack se asomó al borde de la saliente y miró hacia abajo. A la distancia, allá abajo, había un estanque oscuro. Ann vio una liana:

—¡De prisa, Jack! ¡Podemos bajar por ahí!

No había tiempo que perder pensando en el peligro, así que Jack comenzó el peligroso descenso, con Ann colgando de él.

Kong finalmente mató al reptil gigante y lo destrozó con sus dientes. Jack y Ann vieron cómo sus restos pasaban volando junto a ellos a toda velocidad.

Entonces Kong buscó a su novia. Cuando la vio, rugió de rabia. Ann y Jack sintieron el tirón en el momento en que Kong cogía la liana y tiraba de ella. Ann pudo sentir el tibio aliento de Kong mientras éste los jalaba hacia él. Tenía miedo de mirar hacia arriba y ver la temible cara de la bestia, y le horrorizaba mirar hacia abajo y ver el abismo. Finalmente no pudo sostenerse más y cayó. Jack saltó detrás de ella.

Cayeron hondo y más hondo en el agua oscura y silenciosa. Ann creyó que se ahogaría antes de llegar a la superficie. Pero finalmente salió, jadeando, a la brillante luz del sol. Sintió un escalofrío al notar la intensidad con que cantaban los pájaros, y luego se llenó de alegría cuando vio emerger a Jack. Nadaron uno hacia el otro y se estrecharon mientras los arrastraba la corriente del río.

En la aldea caía la noche, y aún no había noticias de Driscoll. Denham organizaba una partida de búsqueda cuando un vigía divisó a Jack y a Ann, que se acercaban a la muralla. Estaban francamente exhaustos.

—Están a salvo ahora —dijo Engelhorn—, y pronto los llevaremos al barco.

—¡Un momento! —replicó Denham—. ¿Y qué hay de Kong? Vinimos aquí a hacer una película, pero aquí hay algo que vale más que todas las películas del mundo. Y tenemos esas bombas de gas… ¡Podríamos atraparlo vivo!

—¡Estás loco! —dijo Jack—. Está en un acantilado donde ni siquiera un ejército entero podría atraparlo.

—Cierto, *si se queda ahí* —respondió Denham—. Pero nosotros tenemos algo que él quiere.

—Algo que no tendrá de nuevo —replicó Jack.

—¡Ahí viene Kong! —gritó el vigía.

—¡Rápido! —ordenó Denham—. ¡Cierren las puertas!

Las puertas fueron cerradas de inmediato, y se echó la tranca justo cuando Kong se lanzaba contra ellas. Los nativos salieron de sus chozas y se arremolinaron en las puertas para ayudar a mantenerlas cerradas, pero Kong se lanzaba repentinamente contra ellas, hasta que la tranca se rompió y las puertas se abrieron.

La enfurecida bestia irrumpió en la aldea aplastándolo todo a su paso. Las casas quedaron deshechas, sus ocupantes murieron pisoteados. Todo era un caos. Los nativos arrojaron en vano sus lanzas contra el desenfrenado monstruo, pero eso no hacía sino enojarlo aún más.

Los marineros y los cineastas habían huido hacia el barco, pero Kong los vio. Estaba decidido a recuperar a Ann y avanzó hacia la playa. Denham estaba esperándolo y le lanzó una bomba de gas.

La bomba explotó a los pies de Kong con un gran destello. La bestia se detuvo, con una mirada de perplejidad en el rostro, trastabilló, y luego cayó en cámara lenta sobre la arena, con un golpe sordo pero ensordecedor.

—¡De prisa, señores! —gritó Denham—. ¡Tenemos que construir una balsa para llevarlo al barco!

—No hay cadenas que aguanten *eso* —dijo el Capitán Engelhorn.

—Le pondremos más que cadenas —respondió Denham—. Él siempre ha sido el rey de su mundo, pero nosotros le enseñaremos a sentir miedo. Y, como se podrán imaginar ustedes, el mundo entero pagará por verlo. ¡Seremos millonarios, chicos! En unos meses se leerá en las marquesinas: ¡KONG: LA OCTAVA MARAVILLA DEL MUNDO!

Y así fue como Kong fue capturado.

Semanas después, en Nueva York, multitudes exaltadas abarrotaban Times Square. Parecía que todo el mundo estaba ahí, empujándose y dándose codazos, tratando desesperadamente de entrar al teatro.

En un santiamén, la sala estaba llena a reventar, y cuando las luces se apagaron había un aire de emocionada expectación. Denham apareció en escena:

—¡Damas y caballeros! —anunció—. Estoy aquí esta noche para contarles a ustedes una historia muy extraña. Tan extraña que nadie podrá creerla. Pero… ver para creer, damas y caballeros, y por eso les hemos traído hasta acá la prueba viviente de nuestra aventura. Quiero que vean con sus propios ojos la cosa más grande que sus ojos hayan visto. Era un rey y un dios en su mundo, pero ahora llega a la civilización como un mero cautivo, como un espectáculo para satisfacer la curiosidad de ustedes.

Así que, damas y caballeros, contemplen ustedes la octava maravilla del mundo: el poderoso… ¡KING KONG!

Se levantó el telón y ahí estaba Kong, encadenado sobre una plataforma de acero. El público ahogó un grito y se agitó, inquieto. Una risa nerviosa comenzó a cundir por el auditorio.

Denham levantó una mano:

—He ahí a la Bestia, damas y caballeros. Ahora quiero que conozcan a la Bella, la joven más valiente del mundo: ¡la señorita Ann Darrow!… y a su futuro esposo, el hombre que la salvó de la Bestia: ¡el señor Jack Driscoll!

Primero apareció Ann en el escenario, seguida de Jack. El público los aclamó. Y se oyó un largo gruñido de Kong:

—No te preocupes, Ann —susurró Denham—: le hemos bajado los humos desde la última vez que lo viste.

Se volvió hacia el público:

—Y ahora, amigos míos, tendrán el privilegio de ver cómo se toman ¡las primeras fotos de Kong y sus captores!

Kong rugió, impotente, cuando un grupo de reporteros con sus cámaras subió al escenario:

—No se alarmen, chicos —les gritó Denham—: esas cadenas son de acero cromado… Jack: abrázala; y, Ann, acércate un poco a Kong. Pongamos a la Bella y la Bestia en la misma foto.

Las cámaras dispararon; destellaron los flashes.

Se oyó un terrible rugido de Kong, mientras luchaba con todas sus fuerzas contra las cadenas.

Con otro gran rugido, Kong rompió las cadenas. El público gritó y comenzó a correr hacia la salida. Unos segundos después, Kong estaba libre. Ann y Jack, arrastrados por la aterrorizada multitud, salieron a la calle:

—¡A mi hotel! —gritó Jack—. ¡Allá, allá!

Kong derribó la pared del teatro y salió a la calle justo a tiempo para verlos entrar al hotel.

Jack estaba sentado en la cama de su habitación, tratando de calmar a Ann:

—Ahora estás a salvo, amor —le dijo.

—Es como un sueño horrible —respondió ella—. Es como estar otra vez en la isla.

—No te aflijas. Yo me quedaré aquí, contigo… Además, las autoridades ya salieron tras él.

Ninguno de los dos vio la enorme cara en la ventana. Kong había trepado por un costado del hotel. Rompió el vidrio de un puñetazo y, metiendo la mano, aventó a Jack como si fuera un niño, acercó la cama a la ventana y con gran cuidado levantó a Ann y la sacó de la habitación. Luego se perdió en la noche, acunando en la mano, con delicadeza, a su preciosa mujer de oro.

Jack se lanzó escaleras abajo y se topó con Denham, que venía subiendo:

—¡Kong tiene a Ann! —gritó Jack—. ¡Tenemos que conseguir ayuda!

Todas las sirenas de la ciudad parecían formar parte de la persecución, y en las esquinas rechinaban las llantas de las patrullas, los coches de bomberos y las ambulancias. Por encima de ellos avanzaba Kong rápidamente, dispersando a su paso a las multitudes aterradas:

—Va hacia la calle treinta y cuatro —dijo Denham.

—¡El edificio Empire State! —exclamó Jack—. ¡El lugar más alto de la ciudad! Es allá a donde va.

Para el amanecer, Kong ya había escalado la mitad del Empire State. Denham y Driscoll estaban en la jefatura de policía, tratando de elaborar un plan con el comandante:

—No podemos acercárnosle —dijo Denham—. Todavía tiene a Ann.

—Sólo hay una cosa que podríamos intentar —agregó Jack—: ¡Aviones! Si la suelta y los aviones logran aproximarse lo suficiente como para liquidarlo a él sin herirla a ella…

Cuatro aviones de la armada fueron despachados, cada uno provisto de poderosas ametralladoras. Llegaron al Empire State justo cuando Kong alcanzaba la cima. Kong vio esos extraños "pájaros" y depositó a Ann cuidadosamente en una cornisa. Después se incorporó, golpeó su enorme pecho y lanzó su espantoso rugido.

Los aviones se le acercaban en picada y las ametralladoras le disparaban. Kong hacía inútiles esfuerzos por abatirlos a manotazos, mientras las balas se abrían paso por su cuerpo. Un avión se le acercó demasiado. Kong lo atrapó y lo lanzó al suelo. Pero los demás continuaban volando en torno suyo una y otra vez. Kong no lograba detener el fuego.

Luchó larga y valientemente, pero en vano. Los aviones seguían atacando, y al final, debilitado por las terribles heridas, Kong trastabilló. Parecía saber que estaba muriendo. Ignorando a sus enemigos, recogió a Ann y sus enormes ojos la miraron con tristeza; luego la depositó de nuevo en la cornisa y la empujó tiernamente con las yemas de sus dedos.

Una vez más los aviones se lanzaron en picada sobre él, y una última andanada de balas le atravesó la garganta. Estaba herido de muerte. Con un último rugido, Kong cayó del edificio.

Un momento después, Jack llegó a la cima del edificio y tomó en sus brazos a Ann:

—¡Ann, Ann! ¡Ya todo ha terminado!

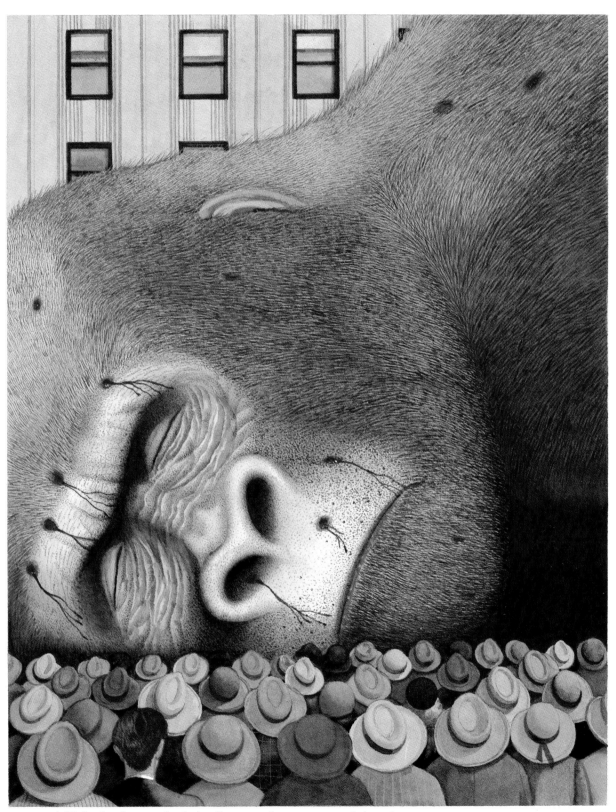

Allá abajo se había formado una multitud:

—¡Muy bien! —dijo un policía—. ¡Eso sí que fue una lucha! Pero al final ganaron los aviones.

Denham sacudió la cabeza, compungido:

—No, no. No fueron los aviones. Fue *la Bella*, la belleza, quien mató a la Bestia.